心语欣"燃"

江向洋　王婧翾◎著

应急管理出版社

·北　京·

图书在版编目（CIP）数据

心语欣"燃"／江向洋，王婧翮著 . -- 北京：应急
管理出版社，2022

ISBN 978 - 7 - 5020 - 9227 - 6

Ⅰ . ①心… Ⅱ . ①江… ②王… Ⅲ . ①诗集—中国—
当代 Ⅳ . ①I227

中国版本图书馆 CIP 数据核字（2021）第 256938 号

心语欣"燃"

著　　者	江向洋　王婧翮
责任编辑	高红勤
封面设计	同人阁文化传媒

出版发行 应急管理出版社（北京市朝阳区芍药居 35 号　100029）
电　　话 010 - 84657898（总编室）　010 - 84657880（读者服务部）
网　　址 www.cciph.com.cn
印　　刷 香河县宏润印刷有限公司
经　　销 全国新华书店

开　　本 710mm×1000mm^1/$_{16}$　**印张** 11$\frac{3}{4}$　**字数** 60 千字
版　　次 2022 年 3 月第 1 版　2022 年 3 月第 1 次印刷
社内编号 20210931　　　　　　　**定价** 68.00 元

目　录

自　序

师丹先生有言：诗为心声。

心之声，或扬于宇宙八极方外，可入无形无物妙境；常抒复兴华夏壮志，能载男女关雎真情；伤怀百姓悲欢离合之苦痛，或记盛衰变乱之史实。

乱曰：汉唐虽已尽，风采存人心。中华传万古，寰宇铭诗经。愿以我诗，承古人之风骨，接当今之悠思；激来者之慷慨，留青史之文字。

梦

王婧翱

梦里繁星点点，色彩绚烂鲜艳
心灵深处的缱绻，风中女孩的迷恋
向夜空许下心愿，沧海桑田也不变迁
北极光露出笑脸，奇迹在此遇见

盼望花开一年，花期却只一天
时光流转在从前，倾注绝美容颜
香如醉舞步翩跹，如梦如幻一眼万年
阳光雨露满心田，分享生命盛宴

彩虹的出现，谁说远在天边
只要相信，希望在心间

遥远的绝响

王婧翮

遥远的绝响

不过是琴弦在指尖的余音绕梁

夜空的璀璨

也只是星辰在幽深中的依稀明亮

浩浩长风

可曾读懂月的轻叹

粼粼波光

只留住瞬间凝动的风华

漫天飘雪，谁在乎

成长后的罂粟花，美而狂妄

轻舞飞扬，谁能够

醉笑陪君三千场，不诉离殇

情不言衷

王婧翱

你笑着说你要走，我闭上眼睛沉默
转身让泪水恣流，风干后一切乌有
满天星依然闪烁，戒不掉往昔温柔
没想到再次相逢，也只是擦肩而过
其实你那天好几次回头，只是我倔强地让视线遗漏
旧地重游才发现想念多厚，徘徊在原地任泪水滑落

你说缘分猜不透，有我就已经足够
分开你也很难受，多年后却成某某
形同陌路的问候，旧日尘封中消瘦
湮灭疯狂的执着，没有把爱说出口
其实你那天好几次回头，只是我倔强地让视线遗漏
旧地重游才发现想念多厚，徘徊在原地任泪水滑落

这条路我们走得太匆匆，来不及回眸坚定生死相拥
物换星移还在为彼此停留，海角天涯无法阻隔相守
其实你一直默默在我身后
因为有你让我不再退缩

4

怀慈母

江向洋

坐望三千界，春晖慈母音。
亲恩诚万古，赤子一片心。
山河近永在，世代同此情。
新曲又一首，双泪满青襟。

注：2008年中，伤怀慈母仙逝七载。

午　夜

江向洋

午夜寂静凄清的街，
响起心中爱人的乐。
碧叶新生春日的蝶，
回望佳人温柔的靥。
祈愿双飞天地的界，
共度神佛百千的劫！

一抹桃花

江向洋

故土只在百里外，
一文虽名未还乡。
游荡千城寻至道，
不觉青丝染秋霜。
一抹桃花春复夏，
评点汗青慨又慷。
壮志中年更不少，
复兴强汉振衣裳。

注：闻英文歌《five hundred miles》有感。

春　月

江向洋

佳作出春月，好句凌鹭江。
壮志修八阵，雄心越汉唐。
天寒诗意盛，笔落满庭芳。
朔风几万里，伴我御洪荒。
天下大同日，与君尽千觞。

古　巷

江向洋

清风过古巷，黄草覆高墙。
秦砖湮汉瓦，元曲更宋唐。
达官替显贵，儒墨接疏狂。
古道参天树，商贾别开场。
新曲书新境，壮志云飞扬。

与陈兄文仕

江向洋

白发忽上头，岁星疾胜梭。
落寞半生梦，彼岸水中波。
日月轮何速，生死孰能脱。
且运生花笔，功名后人说。

冬　暖

江向洋

香山冬日暖，岭树印冰川。
江长源云洞，美景妙笔端。
端笔妙景美，洞云源长江。
川冰印树岭，暖日冬山香。

故　乡

江向洋

大风依旧云飞扬，
朔气凛凛念故乡。
江南江北重重雪，
追名追利步步霜。
遥思先祖开伟业，
远创新功耀异疆。
千丈之树根归叶，
愿我亲族万古芳。

座　铭

江向洋

人生长乐水长东，
纵横四海任从容。
愿闻至道登彼岸，
度尽红尘地狱空。

己亥正月初一·贺各位同学安康如意

江向洋

云飞林海上，乐舞八佾情。
岁首盘大计，宏图开渐明。
久怀鲲鹏志，扶摇远帝京。
聊书长短句，属意凤凰琴。
此心同日月，与君共争鸣！

游河坑土楼

江向洋

碧潭梅花落，清风淡淡香。
三两番鸭戏，摄影情侣忙。
雪羽搅玉浪，流水奏清商。
老厝五百载，知音酒千觞。
古往今来事，谈笑乐无疆。
惜别新交友，各自奔他方。

西安春雪

江向洋

北地琼枝满瑞雪，
新绽黄花裹冰霜。
春风一夜遍秦岭，
汉唐盛境赏余光。

己亥五月诗

江向洋

五月群英会，急雨雷振天。
青春浑如梦，弹指且中年。
复兴一带路，华夏启机缘。
壮心永未已，威武更胜前。
仗剑舞四海，新曲赠红颜。

读汉武帝秋风辞有感

江向洋

少壮极兮奈老何，
冬风闻喜扬素波。
秦汉繁华秋风尽，
人生须臾织女梭。
读经品茶安自在，
八极起舞笙箫默。
缘起缘生缘传递，
中年中道中俭奢。
山山黄叶飞如是，
与君同启大风歌。

炎夏幽兰

江向洋

林下幽兰吐冷艳，
秋中桂树送芬芳。
长怀昆岗万载玉，
相思红豆种何方。

四十有惑

江向洋

天也茫茫，地也茫茫
不知路在何方
秋风也凉，冬风也凉
唯愿此心永航
思也无极，念也无极
期待桃李芬芳

雪月冬风夜

江向洋

朔风琼枝雪，冷夜紫蔷薇。
白发溶溶月，相思寸寸灰。

西北大漠印象

江向洋

大漠疏红柳，青海印雪山。
长云横绝岭，高风卷石滩。
沙掩古人迹，草生秦汉砖。
投笔歌咏志，勇者敢登攀。

送别大侠金庸

江向洋

飞花沾剑影，雪径隐萍踪。
连城就归客，天下送金庸。
射雕留青史，白马啸西风。
鹿鼎煮美酒，笑傲江湖中。
书剑泯恩仇，神女伴顽童。
侠客含至道，倚天挪移功。
碧血黄沙映，鸳鸯白发翁。
仙山悦道影，逝别武林宗！

岁末秋思

江向洋

秋风扫万里，叶落起乡思。
桂气薰寒露，南雁掠天池。
年少偏任性，老大更顽痴。
霜雪虽未至，俯仰皆是诗。

过秦始皇陵

江向洋

帝国已成昨日梦，
一人作古万载歌。
去年桃花今又盛，
楼空细雨洗豪奢。
王朝更迭过眼云，
复兴华夏驾长车。
千邦人才为我用，
世界同鸣汉唐鸽。

春日感怀

江向洋

好风凭借力，送我上青云。
时运当来到，自强任我行。
天意固难测，诗酒任伶俜。
放歌大江上，万里彩云新。
英雄在你我，何必听瑶琴。

望　月

江向洋

今古同望月，月照古今人。
年年同一月，月月不同人。

风怒秋高

江向洋

万马奔腾秋风劲，
婆娑摇曳芦苇深。
青史有名留印记，
不悔诗书伴此生。

回首又见她

江向洋

念你在无边永夜，
想你在深沉世界。
望你在咫尺天涯，
画你在万山红叶。

长城明月

江向洋

其一

月圆金山岭，人登司马台。
秦汉雄关在，复兴几时来。

其二

月圆金山岭，人登司马台。
身在最高处，何惧浮云来。

慈母仙逝五年祭

江向洋

半生落寞又逢春，
碧叶新雨再一轮。
时近五月多风水，
陋室尤铭天外魂。

注：行孝当早！莫待子欲孝而亲不在！

春日夕阳

江向洋

再向夕阳问旧好，
悲欢离合东风草。
新曲多凝不老志，
乡关处处添春晓。

东北雪乡行

江向洋

万径几番达彼岸，
夕阳何处照乡关。
北方红梅傲风雪，
江南春水绿万山。
明灯熠熠汉唐路，
丽日煌煌宋元砖。
书生久有腾云志，
激昂慷慨啸千川！

赠笔友矜琳、晓寒飞扬

江向洋

矜先辈之风范兮，琳唐宋之锋芒。
晓天地之久长兮，寒食玉之英煌。
飞梅蕊之精华兮，扬众生之华章。
感苍头之多艰兮，谢此赋之急惶。

秋梦1994

江向洋

缥缈兮秋风，
恍惚兮入梦，
天为轮兮地作舟，
驾长风兮驭宇宙，
衫为星云乾坤袖。
不见当年尧舜禹汤纣，
梦里人生，
其中滋味谁参透？

注：此生第一首诗，献给曾给爱过的人们。

苏幕遮·雨后

江向洋

意休闲，云定兴。桂树春风，壮志扬九霄。
回望千山霹雳遥。梦幻今生，惜度分分秒。
水迢迢，花气好。故园幽径，月影凌海岛。
落木潇潇秋气早。翠羽红衫，独叹知音少。

赠晓寒飞扬赋

江向洋

扬扬之无邪兮，不似我之老猾。

娇青春之美艳兮，迷少男兮以万家。

妙目之缥缈兮，若九寨之寒花。

上青天以落雁兮，环诸宇兮而谁夸。

惊鸿之恍惚兮，无凡夫之铅华。

惊天人之忘归兮，虽子建兮亦赋下。

伤千里之隔兮，失彷徨之难翔。

灿山花之烂漫兮，赏昆玉兮以无瑕。

乘月华之葳兮，擅轮回之永速。

知天地之久长兮，透万世兮秉华夏。

心振择之余兮，聊习礼之护花。

纵手足之翱翔兮，接皓腕兮比琼花。

悦中慧之淑兮，翩千里之风华。

欣柔靥之光华兮，叹鸿雁兮何未发。

梦秀发之缨兮，修眉宇之秋波。

怅今世之难遇兮，作长诗兮越流沙。

翻汗青之绮兮，欲振宇之名家。

求长生之古术兮，还赠彼兮驻永芳。

天何如之苍苍，地何如之茫茫。

特循环之永志兮，望来者兮独倜傥！

古巷新篇

江向洋

清风过古巷，黄草覆高墙。
老寺传《梁祝》，天色渐昏黄。
雀噪大夫第，燕空王谢堂。
汉瓦湮深庭，秦院余一梁。
新榕秀屋顶，独木支危房。
信步穿朱门，思绪拢八荒。
忽过咖啡社，一缕闻书香。
道闻民生苦，小吏愧余粮。
安得广大厦，百姓欢声扬！

午夜闻歌

江向洋

天空海阔凭谁问，
三山五岳任奔波。
豪情岂在东风破，
午夜忽闻国际歌。

大雨倚栏

江向洋

门外雨声浓，小民伏微躬。
天公一时喜，百姓汪洋中。

伤猝逝黄辉同仁

江向洋

岂哀无依？
与子同熬。
少年白发，
中岁即老。
人世轮回，
齐物论高。
仙山道影，
家人泪袍。
抛却红尘，
何处可觅？
星稀朔月，
唯祈安好。
江山万古，
自怜我曹。

杂　思

江向洋

人生百变诗不变，
举杯问情未了情。
半生奔腾逐米禄，
当时明月照彩云。

观　花

江向洋

翠堤春晓风扶柳，
出水芙蓉叶恋花。
当时明月当时面，
万古浪淘万古沙。

春雪有愿

江向洋

千树东风花乱绽，
万国豪士心念通。
清流涌动山海路，
运筹帷幄庙堂弓。
迎春飞雪齐天外，
越冬红梅冠玉宫。
愿射天狼报强汉，
复兴华夏笑云中！

二零一六岁末感怀

江向洋

踏遍关山人不老，
南国佳丽映春晓。
蛾眉更媚芙蓉面，
廊桥印月梅花小。

观友新摄影

江向洋

缅甸柠檬蔗红糖，
别有风味细品尝。
新诗两句久未得，
忽如灵犀灌顶堂。

怀晓寒飞扬郁郁仙逝3

江向洋

秋风今大起，夜半人不寐。
杯酒入愁肠，点点相思泪。

雨后风清

江向洋

一束阳光满院花，
云淡风轻古道斜。
锦袍玉带八方志，
莲舟晓渡好人家。

半生回望

江向洋

半生白发半生路，
一场风雨一场灰。
屡败屡战曾文正，
此心光明无喜悲！

久　病

江向洋

不知身何处，且梦且修行。
春来多冻雨，时世共关晴。

2008年3月南北大冻雨成灾陋室中沉思

江向洋

吾生系何代？今朝几万年？

又逢佳节至，故友远云边。

山水有时尽，沧海换人间。

一曲《将进酒》，两鬓霜又添。

汗青翻数卷，心潮涌九天。

轻狂少年吟

江向洋

本自年少轻狂，
左孙子，右汉唐。
无论谁人在场。
杯酒未尽诗千行。
人自醉流觞，
兰亭曲未亡。
纵然长啸何妨，
我辈青春正须张。
愿提长剑长相守，
西北射天狼。

山间古寺

江向洋

古寺闻《梁祝》，
山色渐黄昏。
欲辨此间意，
不知夜已深。

赠不肖生

江向洋

红日升海上，清风送春凉。
山寺闻梵唱，晨钟荡远洋。
千舸破万浪，终须返港乡。
美景虽易散，且喜留文章。

赠网友乱发

江向洋

谁不遇风浪，慎勿多仓皇。
看那光明岸，恰在君身旁。
有心总有报，成功路不长。
浮云虽蔽月，终须放光芒！

大风摇树有感

江向洋

风永不停止
我是风中过客
看风摆弄万物的手指

风永不停止
见证所有生命
创造无言福祉

风永不停止
我们在风中生
我们在风中死

风永不停止
哪怕再没人
记录历史

2008秋之声

江向洋

莫让年华付水流，
弹指相识又一秋。
无边落木消永昼，
不尽东风过海洲。
忽闻一曲《英雄泪》，
忍看青丝瞬白头。
长恨春光难留住，
黄叶山山送北鸥。

寒日登高有感

江向洋

飞雁北翔窗外，
平云收雨洪涛，
轻霜白头志更高。

银河万里谁渡，
青山数点花娇，
别去偏闻离人箫。

梦里重逢

江向洋

飞雪团玉树，游子立山门。
瘦梅清江傲，香闺憔悴人。

小学毕业三十年后路遇同学

江向洋

云淡林鸦噪，酒足年意浓。
爆竹声声慢，他乡喜相逢。

山村偶记

江向洋

日落孤村暗，烟轻老树昏。
悬岩冰百丈，山花已报春。

归乡见路边野梅

江向洋

戴月披星走，羁旅食野村。
千山冰夹雨，数盏梅报春。

归　家

江向洋

数行离人泪，舟车万里家。
汽灯回客梦，乡关遍地花。

2011岁末感怀

江向洋

壮志慷慨伸八骏，
良弓梦笔挟金乌。
奔波白发自难忘，
志达天外更读书。

近中年感怀

江向洋

瑞雪轻烟蔽，流川丽日升。
斯年近不惑，锐气凌云蒸！

梦儿时流星

江向洋

一记流星过，三界门楣清。
梦里不知梦，辗转叹伶仃。

2009岁末杂思

江向洋

当我在乡村时，以为世界是乡村。
当我在城市时，以为世界是城市。
当我仰望太空时，才知道世界也是太空。

当我在乡村时，许多人一辈子没离开乡村。
当我在城市时，许多人一辈子没离开城市。
当我仰望太空，才想起人类一辈子没离开太空。
自由和不自由，是硬币的两面，无处不在，无处不同。
心在地狱，天堂亦地狱。
心在天堂，地狱亦天堂。

浪淘沙

江向洋

独自怕秋蝉，
夜雨阑珊，
相识不易别亦难。
梦晓天涯隔望眼，
日暮乡关。
长亭换短亭，
锦绣江南，
多情何为绝情瞒。
窈窕长袖自惜舞，
秋水千川。

2009七夕赠冬子

江向洋

慷慨兮激昂，神州兮名扬。
雄姿兮英发，冬子兮铿锵。
水旱兮交替，中华兮刚强。
怀贞兮御宇，护国兮怀乡。
兰心兮慧质，冲虚兮倜傥。
七夕兮将至，慷慨兮激昂！

夜雨游鼓浪屿

江向洋

曾经列强租借地，
而今雨夜逍遥游。
肥美海鲜当时令，
万邦疏果下美酒。
海舟绣影巡琴岛，
高楼彩光冲斗牛。
清风偶凉玉石径，
平涛轻抚小渔舟。
秀丽关山奔热血，
几番磨难啸昂头。
碧树繁花灯百万，
燃情岁月志未休。

观　海

江向洋

青山环碧海，平水印廖星。
云光凝仙境，兰影聚花茵。
绿袖轻雨漫，红坊画桂清。
新曲赠故人，追梦万邦新！

复兴路上

江向洋

霓裳舞尽人不寐，
海棠春雨掌中凋，
书生意气美酒飘。

醉里依稀大国梦，
白头渐老未轻饶，
环眼平洋战舰骄。

山村之思

江向洋

三山一竿独钓，
花村草店雨消，
小儿野径弄箫。

渡远重洋寻梦，
乡关咫尺谁挑？
冷眼胡人磨刀。

故园偶思

江向洋

兰田东山卧，世老人情薄。
闲来往事过，曲成寂寞多。
古树清溪驻，新燕草虫啄。
兴亡千古梦，尽在一方桌。

近中年感怀（二）

江向洋

鸿山桃李秋风去，
繁华憔悴离人归。
浓霜化雪年将尽，
兰房风雨岁月催。

过海门岛桥

江向洋

天上愁云暗，草际落梧桐。
浮生凭来去，关山锁千重。
鹊桥经年见，离别偏难逢。
风雨海门地，白首一经穷。

过福州城外山

江向洋

驱车闽山头，云水丘林瘦。
临风香更飘，独叹梅林秀。

长生梦

江向洋

风落千山叶，梦萦万里人。
佳节合春秋，相思岂无门。
仙道长难觅，沉浮等轻尘。
登高望太空，清泠月影沉。

秋梦2008

江向洋

梦觉西风透，寒灯酒醒收。
夜雨频滴叶，秋色并五洲。

久凭栏

江向洋

不意凭栏久，江山夜雨秋。
忍作天涯客，白了少年头。

赠白玉幽兰

江向洋

天地多变幻，人神固无休。
阴阳同造化，词曲论千秋。
离合本常有，何必叹牵牛。
无极生太极，道法自然流。
福祸相因与，宁静不强求。
白玉遥相祝，幽兰自可留！

赠白玉幽兰（二）

江向洋

白日蒸山海，玉水接玄芝。
幽明总一体，兰桂聚天池。
东海惊鸿女，瑶台游龙狮。
彷徨潘安立，逡巡子建痴。
流光润玉颜，洛水众神思。
慧发长风秀，云鬓神仙辞。
故国多奇士，莫道中兴迟。
愿得斯人助，华夏复兴时。

2008中秋

江向洋

夜深众星沉，宁静泪飞纷。
不堪相思苦，痴情何太真。
落寞盈天地，丽水隔伊人。
又逢中秋节，红颜瘦几分。

读李商隐《嫦娥》感怀

江向洋

我自横天空对月，
万物流转无止休。
慈恩往事成追忆，
为谁欢喜为谁忧。
秋声渐浓将进酒，
寂寞花开映江流。
千杯放怀化银河，
莲舟晓渡共千秋。

女生节后赠天下女生

江向洋

其一

谁言女子不如男，
木兰则天谁不惮。
身披宝剑担日月，
心划长空指江山。

其二

清梅煮酒论风雅，
凉园宝鼎诗人家。
月上梅园闻长啸，
光明美女舞霓纱。

忆2008游云南

江向洋

时光流转又佳节，
月色犹忆迪庆州。
虎跳峡中转江石，
雪山穷顶小五洲。
伊人谈笑属都湖，
碧塔海旁失芳舟。
好山好水可润足，
却将美酒赋千秋。

伤母亲已逝七载

江向洋

海气拈云至，晚风沁桂香。
慈母今何在，谁与赏清芳。

新　雨

江向洋

碧空新雨后，繁花仲夏缘。
乡思缘叶落，起舞弄清闲。
成名固不易，福运修心田。
千川汇秋水，百舸争向前。

山居感怀

江向洋

巨石凝苍苔，清音入我怀。
沧桑多少事，海客翩翩来。
黄鹂鸣树上，陋室自开怀。
当时问明月，万物谁总裁。

山居遇雪

江向洋

飞雪迎梅秀，绝岭长胸怀。
落寞时不待，天涯明月来。

观史感世

江国联　江向洋

2008仲夏与父亲共书一首

不才逢盛世？一夕望百年。
佳节更秋明，故人居何间？
山重疑路绝，沧海换桑田。
放歌《将进酒》，两鬓霜初添。
汗青思武穆，心浪逐云天。

思父母赠言

江向洋

袖里缺银两，釜中无余粮。
陋室放狂歌，贫困意更强。
胸含万里志，终将放光芒！

大　唐

江向洋

梦回大唐，雄心起航。
红拂夜奔，李靖出场。
北伏突厥，西拓咸阳。
东歼群倭，伐武唯扬。
伤我华夏，代有沦亡。
忆昔胜景，泪满流觞。
克难兴邦，更战更强。
复兴且至，放歌大江。

观英国风景片有感

江向洋

落叶春满地，绒雨沾心灵。
清水抚苔碧，薄雾迷层林。
身自醉天籁，太上已忘情。

西域之思

江向洋

西域湮都护，荒草杂都门。
兴亡走百姓，冷月掩胡尘。
雄关出秦汉，北海驻孤臣。
可怜昔名将，白骨望空城！

小　蕉

江向洋

小蕉三面环高楼，
独立朔风忍一冬。
地少阳光虽命苦，
仍将绿意献天公。

游婺源有感：平生第一好睡

江向洋

一副水车兀路边，
河中水草舞翩翩。
石径不知谁开出，
迎送几多美少年。
夜静不闻鸡犬吠，
合眼即是第二天。

炽 情

江向洋

风云花语乱，秋涛轻拍岸。
顾盼胜天光，思绪吹难断。
柳下羡轻盈，衣袂青春焕。
炽情何难禁，赋曲铭青汉。

午夜记梦

江向洋

惊起午夜后，深思半生前。
戏鲨冰山下，相梦南极沿。
功名本无物，此情何拳拳。
愿得长生决，奉君百世缘。

感　怀

江向洋

巨石为证花为媒，
一朝离散两分飞。
天意人心皆难测，
几多鸳梦付流水。
多情总为绝情破，
痴心长教偏心毁。
浪漫经年伤往事，
昂首独行秀葳蕤。

望　远

江向洋

卿本善良，
误入名利场，
原自喜光阳。
偏生不识虞诈，
诗酒化愁肠。

白发渐长，
踏尽千山梁。
营营远故乡，
驿路短短长长，
回首梦汉唐。

苦 夜

王婧翮

衣单梦薄眠难入，
醉看风云君相顾。
莫笑红尘为君舞，
欢颜辗转空自苦。

花　语

王婧翾

薰衣草轻轻踏进心田，
紫罗兰悄悄舞起翩翩，
蒲公英恣意飘荡天边，
彼岸花相约爱恋蔓延。

秋 夜

王婧翙

予独爱赏夜金秋，
微风徐徐为谁留。
月色正浓云雾绕，
怕晨曦至星辰消。

愁 离

王婧翾

美好无奈近曾经，
物是人非前尘稀。
纵醒伤痛埋心底，
月影如梭逐舟行。
聚散匆匆星闪烁，
旧日尘封花成冢。
云边孤雁知迷踪，
且行且惜有相逢。

离 伤

王婧翋

曲终人散以为常，
座无虚席亦感伤。
斗转星移将何度？
物是人非觉凄凉。
可怜人笑把花葬，
未晓他年何日丧。
月明星稀人竟望，
沧海桑田作笑谈。

青春散场

王婧翾

青春风铃寂歌唱，
记忆琴弦颤回响，
寒冷星辰默观望，
冰凉潮汐诉离殇！

七　夕

王婧翱

风回绵绵落叶，流过片片思念。
窗台丝丝甜甜，印下七夕纪念。

初 心

王婧翙

如梦如幻皆童话，
月光似水潇洒落，
夕阳余晖纵飘散，
初心未改依永恒。

冬季物语

王婧翾

清风踏雪一袭香，
叶落窗前泪两行。
柳雷悠悠迎风度，
怎晓残梅默断肠。

醉 饮

王婧翎

往事尘封今再启，
煮酒痛饮心中寒。
月色浸染云彩秀，
回头可品玉兰香。

无　伴

王婧翱

孤灯心暗周遭暗，
独月失伴人无伴。
夜深风侵岂无感，
静想人间非童话。

独　夜

王婧翾

窗外朝阳映晨曦，
露珠飘零绽晶莹。
星夜消逝黎明至，
空有月下一人经。

思　君

王婧翱

可曾念想与君知，
茫茫人海亦相识。
海天虽远凭人意，
来去匆匆共此时！

秋　愿

王婧翎

花落枝残欲驻秋，
雁去蝉消尚可留。
明年芳草依旧绿，
且看锦瑟几时休。

军训际遇

王婧翾

嫩草青青虫儿飞，
军装片片场中围。
正喜六千与星伴，
回眸笑靥始心偎。

喜春归

王婧翾

昨日残霞相嵌红，
几缕春色梦回中。
潮汐涨落本无意，
向阳浅笑醉春风。

意阑珊

王婧翎

花任风扬月恣周，
萤随星伴夜偏偷。
倚栏方省阴晴意，
镜花水月却相柔。

思　归

王婧翯

淫雨霏霏念此回，
恰逢佳节切思亲。
岂待重感春风意，
依旧隔海叹归期。

启　程

王婧翊

久驻异乡自此回，
聚散本非有心为。
扁舟不解风雨意，
归期易改日难追。

盼 归

王婧翾

河畔杨柳绿，再盼故人来。
何须凭柳意，足可叹归期。

旧日难返

王婧翙

来时花开去时枯，
夕阳西下谁人扶。
迄今多少失约日，
可回盛夏不回春。

寒夜引

王婧翾

雨触斜阳映西山，
梧桐颤泪瘦年华。
蜡尽烛消残窗影，
长夜伶仃月光寒。

起　风

王婧翱

风落萧萧似晓残，
怎奈罗衾不禁寒。
若待柳絮纷飞起，
醉倚浮云共笑谈。

无 人

王婧翾

落寞在你笑容上蔓延，
冷寂开出哀艳的水仙，
白鹭在海岸线荡秋千，
天涯海角谁陪我猖獗？

寄 梦

王婧翎

画空破云烟，锦书寄明月。
饮尽沧桑事，花落未曾觉。
朱砂点红装，银簪衬柔肠。
盼得有情郎，聚散念难忘。

念亲恩

王婧翾

前世几多缘，今生能相见。
红尘情万千，唯亲时时念。
随沧海桑田，任世事变迁。
爱心口难开，亲情永不变！

新　生

王婧翱

深广福厦哈蒙汉，牛羊马鹤草桥江。
一八上林花似锦，十年磨剑木兰香。
旅行品书古琴弹，摄影吟诗星星望。
从今定许闲乘月，笑如芳菲自涅槃。

梦念太婆

王婧翱

乌眸款款颜笑开，
银丝缕缕掩关怀。
紫藤细细思念瘦，
青砖缓缓送去来。

若离若失

王婧翎

寒玉冰冷本无心，
奈何桥边不相识。
转身刹那孟婆痴，
萧条一生雁回时。

失利尚感恩

王婧翾

奔波总有时，感动且珍惜。
瘦觉师恩重，后会彼岸期。
从未忘初心，复满腔勇气。
待挑战自己，定所向披靡。

十年友聚

王婧翾

愁苦累痛情常困，
可说能懂坚后盾。
青春相伴红尘滚，
距离虽远意难分。
盼得齐聚肆意损，
相逢片刻欣喜存。
不羡四海皆为友，
尔等常念忘年轮。

闻师胜杰大师仙逝感怀

王婧翾

忽闻大师仙逝去，
鼻翼微酸泪框转。
说学逗唱忆当时，
名师过招止过往。
相声有灵戏有魂，
几分经典几分神。
疾病难料望走好，
天堂得宝常欢笑。

柳梢青　送过往

王婧翱

风过云散，时光流转，旧日尘封。
琴音缭绕，山水相依，皎洁月明。
泪痕温习诗意。起涟漪，无声无息。
蓦然回首，梦归情起，
难过阴晴。

清平乐　缝梦

王婧翾

沉默无声，惊铁石花开。
思念如梦长天年，柔情撕碎一页。
虚构花好月圆，重拾遗失碎片。
夕阳难诉衷肠，箜篌弹尽离殇。

重返母校

王婧翾

三年寒暑，模样谁留。
七载岁月，记忆依旧。
东坡湖畔，逝水重游。
凤凰花下，青春未休。
潮汐已退，画舫难囚。
一曲笛箫，彩霞悠悠。
无处寻觅，堤边残柳。
椰果熟透，偶遇斑鸠。

雨满思念

王婧翾

雨啊 你没有 电闪雷鸣般 倾泻地疯狂
也没有 和风细雨那 绵绵的温柔
就如我 此刻 无法
哭得痛快 笑得开怀
晶莹的雨珠儿 点点滴滴 触碰着地面
跃起的水花 泛起的涟漪
灯光下 你如闪烁的 满天星

风呐 你为什么不 轻抚我的面颊
凉爽也好 寒冷也罢
我只想 知道 你还惦记着我
无论你 往哪里吹 请带上 我的思念
天涯 海角 祝福或许已 随你而去
缘分是 命运轨迹
随缘吧 把永恒 留给自己

观《玫瑰江湖》之沐晟有感

王婧翮

你潇洒地离开，秋风相伴
卷起零星落叶
即使雪花漫天，我依然相信
有你的地方，花飘满天
枫林中处处，是你的印记
再见时是否，还一如往昔
落日的余晖，绚烂娇美
任何一缕，都满载祝福
错误的时间，遇见对的人
所有相聚，终究要分离
秋季的枫林，曾万花齐放
只因有你，倾注绝美的容颜
宁可是一场醉，不愿错过香味
无所谓别有人间
只要你好足矣

星 夜

王婧翮

夜深人静，孤单入侵，泪水无力，冷冰冰
抱着吉他，浅唱低吟，直到天明，孤零零
忧伤的声音，记录失落心情，星空在聆听
疲惫入梦境，宁愿强装镇定，心事藏心底
　如果黑夜让你承载感情的煎熬
　我愿化流星雨带你划过寂静
　　使你没有悲伤和烦恼
　如果当星星黯淡下依稀的光芒
　我愿作启明星让你看到黎明
　　送你一个希望的天堂

无　声

王婧翾

岁月从指尖淌过
完美的抛物线缩小了每一道透亮的年轮
记忆从指缝滑落
轮回的同心圆放大了每一滴寂寞的乾坤
不计较岁月长衣裳薄
无所谓时间瘦指间宽
伤痛也能抓紧花的迷惑
向天空缠绵雨的汹涌
无论一朵云在夜空漂流多久
终将和曙光相拥
即使两颗世间最渺小的尘埃
也能够相濡以沫
忘不了的初衷不会把旧日尘封
梦千年的日月星辰
只为回眸相视的一瞬

徘　徊

王婧翩

明知道每个人都有要去的未来
不该停留在原地徘徊
可为什么
我的记忆始终不愿意离开
无论海风多么来去匆匆
座无虚席的苦涩分明放大了每一粟沧海
冷寂的月光向夜空蔓延开来
所有的相聚梦醒就不在
幸福总在下一站被期待
可是没有人能预知未来
不是每一颗种子都能盼到花开
全副武装也未必不会受到伤害
许一朵白云让自己更自由自在
飘忽不定却也别样精彩

只如初见

王婧翻

那年金秋笑容灿烂的红衣少年
偶然闯入视线明媚了整个冬天
早茶甜甜，默契连连
推着购物车预习柴米油盐
你说煲汤让我品尝，你说聚会一同参加
聊天记录是我满满思念

不曾爱过你是我对自己的欺骗
离开时甚至怀疑是否有过从前
消失不见，不肯翻篇
单曲循环播放多少个日夜
徒留记忆仅供怀念，徒留曲终不舍万千
杳无音信往事并不如烟

多年后时过境迁等来这场赴约
伞下放大的那张笑脸始终没变
自然靠近，免去寒暄
游乐场里不真实地像幻觉
天台上肩并肩合影，鬼屋里手挽手向前
从今后月有阴晴爱无缺

如果再见

王婧翱

当记忆回到那一天
清晨阳光不负遇见
我痴痴望着你的脸
遗忘秒针倒数的时间

你我关系像条平行线
午后看你渐行渐远
为你迟迟未交答卷
终抵不过余温退却

如果再见我一定不会再胆怯
偶尔寒暄好过转身便如烟
茫茫人海中再也寻你不见
如何教我忘你长长时间

如果再见我一定不会再胆怯
见与不见好过剩下照片
漫漫长夜里不及惊鸿一瞥
埋葬昨天依然甚是想念
此去经年依然甚是想念

且行且惜

王婧翾

云消散在风里，时间也争先恐后不停，来不及留下任何印记，已被尘封在梦里，无声无息，久而，杳无音信……

以为可以很从容地沿海岸线一路向前，原来风早已将心事藏于贝壳里，在某个不经意间的刹那，是否真的听到曾经的自己那满是哀伤而歇斯底里的无奈？不确定潮起潮落是否带走了梦的涟漪，只有那轮皎洁的明月与灿烂的太阳每天都一如既往地起落于遥不可及的地平线，给人以希望，却终究没有尽头。

会在冬季的某天，对着金黄色阳光，忽然想起某人温暖的微笑，可是彼此已经许久未联系；会在孤单的夜里，翻着日记，猛然发现那个总是在我无助时送来无限关怀的某人，已经在我的生活中空白了好几页；会在放下所有事静静思考时，回忆起那一幕幕甜甜暖暖的瞬间，怀念起那一张张熟悉而陌生的笑脸……

在时间的跑道上，我们彼此都已经离曾经渐行渐远，然而记忆让我们旧地重游，温习那份遗失的美好，即使未来的路依旧要一个人走，却都在旅途中学会了且行且惜，明白不是在最好的时光遇见了你们，而是有了你们在，我才有了最好的时光。

人生总是要毫无理由地错过一些人，从而学会坚强，学会成长。琴音缭绕，勾勒了曾经，记录了回忆，就连泪痕也很诗意。过往点滴，犹如幻境，辗转过后，可否莫失莫忘？无论风吹散了何物，山水仍相依，无论我们彼此走了多远，回首时依然是那一句：全世界背叛你我都在你身边，有地狱我们一起去猖獗！

二〇一三年一月二十一日

笑看风云

王婧翮

有一种风，它轻扬过的地方，都温暖如春；有一种光，即使深邃夜空，亦无法淡漠它的闪烁；有一种笑，纵使前路茫茫，懂它的人也能将泪水尘封。

时光在五彩斑斓的画纸上勇往直前，思绪却依依不舍地沿原路勾勒回旋。往昔的云烟一片片消散，凝聚在另一个地方潸然泪下。错过了点滴也错过了祭奠，哭过笑过后终究又回到了原点。夜空繁星点点，却找不回曾许下的心愿，淡了，散了，甚至带着当时自己的模样，各安天涯。

水一般的流年，风一般的歌，梦一般的遐想，童话中的你和我。白云在流迁，宇宙返回到伊甸，经过太多思念，说好要一起走完的永远，始终没变。共同度过的风景多美，倘若有日转机，忽略了悲伤是什么成分，还能一同笑看那温暖晨曦。

誓言常常欺骗我们，相信不一定意味是永恒，世界每分每秒上演离分，说好的明天失去期限保存，青春散场后我怀疑幸福的可能。经过阴晴圆缺，淡然悲欢离合。人散后，一钩新月天如水，只有眼前的一切弥足珍贵。生命之不息，过于山水，今日虽存而明日难知，人生无常让我懂得，好好珍惜身边的人，毕竟在兜兜转转之后，还在那里的人真的很少很少！

除夕的悄悄问候又叩响了新一年的吉祥之门，值此新春佳节，献上我最诚挚的祝福，愿所有关心我的人：福无双至今朝至，祸不单行昨夜行！

二〇一三年二月九日

可闻世间绝唱

王婧翾

当一朵花耗尽无数个日夜韬光养晦终于以绝美的姿态呈现于世时，可曾知道是否有人会为它的努力驻足欣赏？也许，只是因为养精蓄锐的结局并非如期待般婀娜多姿。

一年时光，恍然如梦，逝去的青春和那未完成的梦想，随着海南岛的海风逐渐淡漠，零星遗漏的点滴，也不过日月无声，水过无痕，再也找寻不到。然而多年之后，耳边依然萦绕着曾经的那一句：每一只蝴蝶都是一朵花的轮回，每一只鹰的尽头都是苍穹，每一只天鹅都是天使的一次微笑。那时的星星点点，早已失去彩色光芒；那时的极光闪烁，还有几人依然静候；那时的潮起潮落，可曾有人共享温暖晨曦？

走着，走着，梦远了，心冷了，渴望的那份世间繁华，不过是成为牺牲所有换得的一丝短暂愉悦。记忆是道桥，即使跨过了，似乎已无力谱写崭新的五彩斑斓。雨水泪水一起滑落，回头看踏过的雪，慢慢融化成草原，我的义无反顾，是否多年后也不曾后悔？面朝大海，视线却模糊了春暖花开，只依稀见那一叶扁舟，风雨飘摇于浩瀚无际的大海，任其沉浮。

本非随波逐流之人，如何在雷电中失去方向？本非趋炎附势之人，如何在打拼中磨光了棱角？宠辱不惊，闲看庭前花开花落；去留无意，漫随天外云卷云舒。只是因为欲望太强，才使生活太沉重。不如当一株曼株沙华，即使花叶永不相见，若能无悲无喜、无欲无求，足矣！

泪水滂沱不能成为奢求同情的工具，留恋于原地徘徊不舍离开的执着也无人怜惜，不如放下一切，如佛所曰：舍得名利，得大自在；舍得欲求，得大逍遥。我会始终带着赤子心，即使走天涯，沧海一声笑！

二〇一三年六月四日

听　说

王婧翱

　　当打开QQ空间看着大家痛惜于一路走来错过的人和事时，我不经意翻开曾经的一页页，才发现我错过的，是那个曾经的自己。

　　有人说，人总是会变的，甚至变成你多年前最讨厌的那种人，说得很对。我很想找回从前的自己，纵然有那么多缺点，却远比现今踏实。我怀念那个愿意静下心来看书的小女孩，无论是童话故事、小说，还是杂志，那种让我无限思考并给予我灵感的文学营养，怎么就在漫漫岁月中，和我变成了最熟悉的陌生人；我怀念那个为了弹好一首曲子，宁愿不吃不睡如痴如醉的自己，在那以后的岁月里我十分羡慕的钢琴弹唱中，我却渐渐遗忘了曾经的自己也被他人艳羡过；我怀念那个在理科课堂上思想天马行空、起笔成诗的少女，无论写落花、写星辰，抑或是青山绿水，都是心底最柔软的情怀。

　　小时候的梦想如闪烁的霓虹灯，看似可望而可即，长大后才发现，那并非霓虹灯，而是海市蜃楼。梦想与现实，对于大多数人而言，只是两条平行线，永远都不会有交点。其实时至今日也没受过什么伤，自以为很痛苦，其实还是那么平凡一个人，不比别人幸福，却也绝没比其他人多受伤几许。无论笑着哭着终究好好地挺过来，可笑地说着冷暖自知，却一直在忽视身边那么多关心自己的人。

　　早已习惯于每天穿梭各种网络交流工具，在微博贴吧Q群中看八卦、扯些无关痛痒之事，却乐在其中；习惯于看着形如童话的偶像剧却为自己的不完美黯然伤神；习惯于各种低俗的网络用语或用自以为高雅的文字无病呻吟。那么，填满了虚荣又让空虚何去何从？

　　且不说人应忍得住孤独、甘于寂寞，至少不随波逐流，倔强地"我行我素"才是应有的本真。格格不入怎样？与身边的人背道而驰又如何？如今看似光鲜的外表下，我果真深谙待人处事之道吗？而为此虚假的表象所付出的，又真的值得吗？梦见自己回到过去，那一幕幕竟让我难过得从哭泣中醒来。与那些年的渐行渐远，迷失的自己在历经斗转星移后剩下的只能是离殇吗？

听说，那个数星星的孩子，后来成了天文学家；听说，那个坚持梦想一百年的老人，最终如愿以偿；听说，运气再差的孩子，都握有不同于上帝手中的另一半人生。而我，用心聆听风铃的歌唱，在那个金灵灵红灿灿的秋季童话中，定能谱写出最晶莹剔透的璀璨人生！

——致二十岁的自己
二〇一三年十月十二日

花开半夏

王婧翱

多少个深夜，我为了剧中人的悲欢离合潸然泪下；多少个深夜，我为了爱情的生死相隔暗自唏嘘；多少个深夜，我为了那个也许在世间再也找寻不到的伤心童话感叹世事无常。可是我知道，它的璀璨和闪耀，夹杂着太多残忍的曲折和落寞，在那个美丽如梦的爱情故事里，苦楚与无奈，与之同行。

前世转动几轮经筒，方能握住今生的转身一瞬。那微微一笑，轻轻地，就已扰乱早已波澜不惊的心弦。不是因为那倾国倾城的绝美容颜，仅源自命运不断拉近彼此的丝丝心动。也曾擦肩而过，也曾相顾无言，却让每一次的交集，都在彼此靠近。不用过多的言语，静默如你，默契如我，即使闯地狱，有你在身边，也是天堂。可你渐行渐远的身影，用什么交换你，潮汐的涨落如你的归期，花落却是彼此最终的命运。

兜兜转转于尘世，我们都渺小如一颗尘埃，说好的相伴永远，承诺的相濡以沫，谁终究拼尽生命去呵护了永恒。昙花可以为了避开喧嚣选择寂静深夜；流星可以因为异彩纷呈而浓缩生命于刹那；紫萱可以爱三世终究放手，此生不换；沐晟能够看着绮罗幸福做什么都可以；而如风为了如画，也可以失去所有，但相识相惜却不得相见的痛苦，世上唯有彼岸花领略些许。

太多许下的诺言在海边搁浅，我的泪水浸冷那一个夏天，而你，远在天边。那寸寸思念，如同白蚁的侵蚀，让心百孔千疮。最美的婚礼，只灿烂在梦里，陪你走过的路，也如梦如幻般毫不真实，想要拥抱那一刻的泪千行，唯有昨日的指尖，再也触碰不到的温暖。待到花开半夏之时，依然等不回，你的执子之手，同望苍霞，共邀明月。

翻过记忆的书签，我依然在原地徘徊不前，只为等你，即使换来的只是时过境迁。静候初生的朝阳，你是否于前方踌躇满志，云开月明，我依然以花海为约定，珍藏最美时光里遇见的——你。

二〇一三年十二月二十五日

若一切清晰如昨

王婧翩

是蒲公英，就总要离开母体随风四处散落；是露珠，就总要蒸发变作白云四海为家；是落叶，就终究要面对飘零化作春泥；是春蚕，就注定要步入丝方尽的轮回。

如果人在临死前出现的那一个个画面，才是这辈子最想要定格的瞬间，那么在此之前我们始终无法知道，对于我们自身而言究竟什么才是最重要的。一辈子不长，却足够发生太多的悲喜与离合感伤。即使有传说中的忘忧草，即使饮下足量的忘情水，其实许多东西，我们并不想忘，而有些人和事，我们根本忘不了。

很长一段时间里，我不敢提笔写些文字，并非在颇显荒废的大学时光里乐不思蜀，而仅仅是害怕触及那在过去的日子里屡碰屡伤的柔软角落。之所以将其放在角落，不是因为分量不够，而实在是多愁善感难以排解。人真的是很奇怪的动物，藏得越深的东西，伤得也越深。如果洒脱几分，坦然面对，或也早已处之泰然。

时常怀疑我现在所处于的这个空间里的我，到底是不是真实的我，可在那无数个平行空间里，也许并没有真伪之分，或许真的我不过是十分独立的个体在不同的世界里做着不同的事仅此而已。然而这个空间里的我，却又不得不感叹自身的无能为力。从毫无记忆却从爸妈口中得知的童年琐事，到慢慢拥有自己的储备记忆，我承认，我将它们深深放在了心里。那是一种怎样的关怀，才让还不会说话的我能够听到世界顶级钢琴曲；那是一种怎样的期冀，才让只会牙牙学语的我映入眼帘的全是五彩斑斓的彩色童话；那是一种怎样的呵护，才让懵懂无知的我博览群书。也许我不知道的那部分，远远胜过我感激涕零的部分，但仅仅这些，就已经足够让一个能自己深思熟虑的我想要用一生去守护。在那段并不能十分理解的时光里，至少在这么一个空间，真真实实经历了所谓的倾其所有。

人，念叨着理所应当要有的七情六欲，放浪形骸，无所畏惧。而之后逐渐物质的理念里所注入的思想，一次次刷新了本该要有的评判标准。我无可否认现在的我究竟是什么样子，至少不会比起大多数人能高尚几许，哪怕已成为多年前自己最讨厌的那一种人，也无能为力。但在那个纯真年代，那仅有的些许记忆里明明白白写着，当年什么都不在乎所付出的情感，即使过了这么多年，似乎并未完全释怀。不是因为念旧，只因用过心，经过时间洗涤的情感，已经升华成一种如玻璃般易碎的珍宝，而非那时那景里的情思，更非单纯的你和我了。

随后还不算太世故的人生阶段里，确确实实有那么几段刻骨铭心的回忆，同样也不缺可歌可泣的感人故事，却总觉得少了往昔的那种味道。细细想来，谁也没变，不一样的不是人，而是对待人与人之间的那份情感罢了。当时那股什么也不为一心追寻一份纯真的岁月，即使如今仍保存着那份赤子之心，也早已今夕何夕了。可能在后来的日子，依然会偶尔激情满满回到从前的校园，回到那时的教室百感交集地坐下来听一节我最爱的语文课，却也已经不是滋味，难过感伤接踵而至。

不是因为在最美的年华里没有好好珍惜，而是无论你是否力挽狂澜，错过的、离去的，都已经不再，不可能回头。曾几何时我会奢望再次坐在爸爸的肩头数着火车节数，曾几何时我会幻想牵着妈妈的手撒娇要求一个拥抱，曾几何时我会渴望当年的你最后一次对我微笑，停下来等我一起回家，我更希望那时那么荣幸认识的你们能够让我说出醉笑陪君三千场，不诉离殇。然而一切的一切，都并不按我所期盼的，爸爸妈妈在我每一次放假回家的时候，都觉得老了些许，再也没力气抱起已经成年的我；当年那个男生如今天各一方即使偶而联系亦不过相互寒暄几句；很久很久没有听到的语文课，也只在我难得有机会旁听的那四十五分钟里，重温了些许暖意；而每一段或深或浅的友谊，也在时间的沙漏中掩埋，怕是找寻不到了。

也许在我后来的日子里我明白了感情从来就没有尊卑，一个愿意为你放下尊严的朋友，一辈子也难遇见几个。可我们在岁月的消逝中，也默默弄丢了那难得的几分情。不是不珍惜，而是情深缘浅。也许如今的我面对往昔的感伤亦只停留在最浅显的层次，但至少于我而言，是真的触动心弦。那么多的悲欢离合，那么多的欷歔感叹，却很多时候只能化作泪水，在体内蒸发。即使哭的事总有一天会笑着说出来，寂寞也不曾离开。

我很不明白，为什么这么快，青春就这样被掩埋。只是，在最美的年华，最灿烂的青春里，至少是经历了，已经是一个奇迹。只愿那清晰如昨此生不换的记忆中，有你，有我，共同谱写最无怨无悔的时光。

二〇一四年三月十八日

宁如电影抒写一场人生

王婧翖

小时候，期望自己的人生能像一部精妙绝伦的电影，有三起三落，有大喜大悲。那般刺激的生活，才较适合不安平淡的我。上天似乎听到了我的愿望，很大方地果真赐我一个异于常人的境遇，我却在本就多苦少乐的时光里，感到身心俱疲。

曾看过一个故事——假如你是拿破仑。不容置疑的，对于拿破仑所拥有的，曾令几多人艳羡，趋之若鹜。然而他终究只是一个只可模仿不可复制的传奇。倘若时空逆转，上天愿意给其他任何人一个机会，可笑的是，他们愿意享受拿破仑的辉煌，却经受不住拿破仑所遭遇的苦难。这，就是有人独一无二而大部分人则平平无奇的关键。我时常自问，是何等勇气讨要了这样一场人生，不是特别出奇，也没什么大风大浪，只如那滴水穿石般渐渐侵蚀心灵。人生至少有一半的命运是自己的选择，我也曾后悔过，也曾在夜深人静时潸然泪下，暗自伤神。可在尘埃落定后，我还是看清了自己的本心。趋于平淡的生活人皆有之，为自己谱写一场轰轰烈烈方才足够诱人。

躺在床上眨着眼睛，任思绪轻舞飞扬，我可能无法有苏轼"哀吾生之须臾，羡长江之无穷"之开阔，也没能如王羲之所言"因寄所托，放浪形骸之外"之洒脱，我仅是芸芸众生中渺小若尘的生命，有情，有梦，有希冀，如此而已。而会哭，会笑，会感伤的我，在回望走过并不长的人生后惊奇发现，我确确实实为自己选择了一场有苦有泪却异彩纷呈的盛宴。我在那个最美的年华里，遇见了我在后来的日子里消逝了若长时间才释怀的人，即使剩下的只是寒暄，记忆是一个行囊，我已将美好留给纪念；早已云淡风轻的伤害，即使将伤疤揭给人看，也经得起嘲讽，只因在最痛的岁月里有最贴心的一群朋友，让我的内心足够强大；我曾疯狂地上演过追着传说中的帅哥认哥哥的画面，也主导过找托扮男友拒绝异性的剧情，曾在懵懂年华里痴痴想念，也曾在叛逆时光里非得折腾出一些事回报大人们的碎碎念。这样一个我，人们很难与那个从小通晓琴棋书画、能歌善舞却沉默寡言的我相联系。但我终究是我。最怀念和小琳在走廊里转圈在课堂上玩纸条商品交易的日子，而她的疏离也成了我多年后最后悔的一件事。但人总要为自己的行为付出代价，在这一点上，我痛苦承受。

一直以来秉承着"有朋自远方来，不亦乐乎"的理念，却因过分念旧或多或少地筑起了自己的心墙。然而我知道，不是我的心墙太高，而是无人努力融化。每每期待那如梦如幻的美丽邂逅，却也不断告诉自己，无论我的人生多么出彩，终究不是偶像剧，世界上不存在为了我放弃全世界的高富帅，我终究要像身边的人一样，没有太多惊喜与巧合地生活。失落之时难免回忆过去，是我自己没有保护好赤子之心，让它受了污染，学会物质地思考问题。但我不能不食人间烟火，所以那趋同于他人的一切，多么不愿都只能默然接受。

见多了悲欢离合，对于所谓的一见钟情逐渐变得不太梦幻，反之，会嗤之以鼻。然而偶像剧中可能出现的剧情，在我这二十年来的人生里都有踪迹可寻，本应足够，却在祈求有一个完美的结局。未来的风风雨雨，你我会变作如何无人可知，既已求得一场如电影般的人生，只需扮演好剧中的角色，为这场绝无仅有的盛宴，画上浓墨重彩的一笔。

二〇一四年三月二十八日

只愿笑如芳菲

王婧翮

年年岁岁花相似，岁岁年年人不同。恍然间，竟又是一年的斗转星移。

小时候，很喜欢哲理故事最末尾的惯有格式：当你老态龙钟的时候，坐在炉火旁如何如何。如今想来，人生，本就如一本书，会分成许多章节，也许某个角色在之后的章节里再也不会出现，但在属于他的那个部分成为绝美定格的瞬间，便也足够缅怀。

"去年今日此门中，人面桃花相映红"的字字句句依然回荡在耳边，点点星光却早已融尽心底的眷恋。那时的红着脸，到最后的红着眼，注定了彼此的归宿，奈何相聚匆匆，余留下的背影，仅供怀念。那些踩着伤疤写出来的伤春悲秋，不过是长歌当哭，因为痛彻心扉，所以凄美决绝。

细想这一年最大的收获，大抵是懂得了什么叫作细水长流。当我想要去捕捉曾经的点点滴滴，当我记录下每一个或欢乐或感动的瞬间，当我不再期待那昙花一现的轰轰烈烈，才惊觉即使放任夕阳无限好，也挽不回初阳终将近黄昏的悲欢离合。倒转时光拾起遍地的苍凉，逆着风闯荡任遗憾荡气回肠。无常变幻，岁月无从贷款，沧海桑田，感情要分期更难，我早该知道，从来就没有什么是千金不换。

人间太多传说，无法闪躲，思念太辽阔。命运反复颠簸，来回穿梭，这一次，我决定洗脱。曾几何时，我问自己，能不能蒙上眼睛，就可以不伤心？能不能脱下面具，就可以很狠心？如今，这个答案依然是否定的，因为有一种情，叫不舍得放下；有一种记忆，叫作不愿意忘记。

如果能如影随形，谁愿意一意孤行？当物换星移，今夕是何夕？人总要，学着珍惜命中每段债，我只盼，那些最好时光里遇见的每个人，都是生命中最好那段债。

二〇一五年二月十八日

用孤寂换你一世细水长流

王婧翺

　　流星划过夜空的瞬间，璀璨绝美，倾宇宙之力地绽放，不遗余力地闪耀。然而，它的转瞬即逝，徒留下旁观者的惊叹、艳羡，更有甚者，为其生命之短暂，深表惋惜，却终究要将寂静交付于深夜，把遐思赠予他人。而后，消失得无踪无影，直至很久以后的某一天，苍白了想象，模糊了记忆，淡漠了期许，可还记得曾经的模样。

　　或许在流星心里，本是羡慕夜空中那繁星点点的。它们虽没有流星的光芒万丈，每到夜幕降临，便静默在万千颗星中，做一个不起眼的存在。时而若隐若现，时而被风吻过的云遮住双眼，更可悲的是，纵然有那么多同伴，却未曾有任何一颗星，能够真正贴近彼此。但只有星星自己知道，无论斗转星移，无论阴晴圆缺，无论年轮勾勒多少圈，一如既往的，是它们不变的闪烁。

　　在这样一个欢腾、浪漫，却与我丝毫沾不上关系的节日里，一个人望着窗外，述说星星的故事，并非一时兴起、诗情画意，不过是告诉自己，要学会成为夜空中那一颗不起眼的星星。可能孤单，可能没人注意到它的光芒，可能要默默承受那久久不能靠近的绝望，但长忧剪不断，梦如春向晚，只有永恒，才能成全那一份守护的绚烂。都说世间最毒的仇恨，是有缘却无分，荒草丛生的青春，代替你陪着我的，是年轮。然而很多时候，人们总在做着没有选择的选择，那么便只能任命运捉弄，幻想修改离分，笑看这只有我一个人的剧本。

　　昙花一现，流星划过，彩虹横跨，极光闪烁，这些世间最美的风景，都是付出浓缩生命的惨重代价换来的。如今的我，早已明白世间轰轰烈烈的，不过是一场生命盛宴，只可远观不可亵玩。而当星星黯淡下依稀的光芒，我知道，黎明将至；当初生的朝阳透过树荫和指尖照亮彼此的脸庞，我相信，在那一个个漫长深夜孤寂的等待之后，终将换来与你的一世细水长流。

二〇一五年八月二十日

且以浮世共阑珊

王婧翱

学生生涯的最后一个生日,也应有权作为一个过来人审视踏过的这二十二载春秋。

生于金灿灿的丰收时节,偏爱枫叶红似火的秋季,便似乎对秋殇的多愁善感多了一份理所当然。万里悲秋常作客,喜欢在秋高气爽的日子里漫步在大街小巷,看繁华落尽的几许微凉,若此时恰逢一曲离愁别恨,如梦一场,恍如隔世。

天秤在每一个选择的分叉路口无助徘徊,并非不想前行,也许只是在等,等那不多不少的21克,来平衡天平两端。21克的重量,也许无法平定战乱,也许无法平分天下,却刚刚好平衡了那颗过分缺乏安全感的心。写哲学短句这么多年,不晓得自己宽心了多少,看到的人豁达了几分,毕竟道理终究只能说给旁观者和过来人听。我也在不断成长中越来越释怀一些人,一些事,即使是用了疼痛作为代价,已然好过哭过之后一无所获的痴傻。还记得从前每谈起最后悔的事,当年与小琳的一幕幕便会瞬间在我脑海中上演,过分怀旧的人大抵都会在夜深人静时潸然泪下,而很多年后的今天我才想明白,这就是彼此的出场顺序,在出场之时,就已奠定了彼此会有什么样的对白。而我一度以为与她的渐行渐远便是这场浩浩荡荡友谊的结局,殊不知,在我想明白那一刻,索性证明了这趟人生列车本就有人随时上下车,无论相谈甚欢。我不愿意细数巧合之下的机缘如何,因为我知道,那么多所以为的偶然,不过是两颗心慢慢靠近的必然。没有人能陪你从开始走到最后。

在那个谈到梦想就会斗志昂扬的年纪,我对星空的渴望不亚于小时候的张衡,然而正如大多数人一样,在这个准备踏入社会养家糊口的年月,我们都把梦想变成了梦里想想。怀旧不过是因为现在过得不够好,于我而言,仅仅指的是精神上。我不止一次说过,很怀念那个抱着童话故事一整晚津津有味的我,很怀念那个拿着彩笔毛笔蜡笔画画的我,很怀念那个高兴了就唱歌弹琴的我，很怀念那个可以上台演出的我，是的，很怀念很怀念。我又岂会不明白时间只能向前走的道理，越长大，越孤单的其实不是周围没有玩耍的小伙伴，而是那颗越来越孤单的心。尝试过重新拿出那些东西，早已不是当时的感觉，噘噘嘴，淡漠一笑。

这是一个流行离开的世界，但是我们都不擅长告别。七年了，我好像觉得太婆似乎还在我身边，从未离开过。梦醒时分，她清晰的面庞仿佛昨天才见，伸手可及。我支持平行空间论，也相信在那无数个平行空间里，太婆并没有离开。可那又如何，我所在的这个平行空间里，不会再有她的身影。正如那句话，当你还在我身边的时候，我就开始怀念你，因为我知道你即将离开我。世间有那么多人，甚至来不及道别，便再也不见，我凭什么不珍惜还能够触碰的人？杨宗纬一首歌里唱着：我做了那么多改变，只是为了我心中不变，默默地深爱着你，无论相见不相见。人们往往念叨着要好好珍惜，却永远都把珍惜留给了唇舌，任所爱的人离去，无动于衷，后悔莫及。

我没有见过流星，不知道对着流星许愿是不是真能如愿；我也没试过在海滩上写下喜欢的人的名字，不知道第二天字迹没有被海浪冲走的两个人是不是真的会在一起一辈子；我更没等过极光，不知道一起见证极光闪烁是不是真能意味永恒。我只知道，今天的我可以许三个愿望，生日快乐，我对自己说，愿爸妈身体健康平安快乐，愿所有坚持都能守得云开见月明，愿……

我想对爸妈说：你们养我长大，我陪你们变老；

我想对所有爱我的人说：愿你们都能心想事成；

我想对自己说：太多宝贵的，都需要跋涉才可以获得；太多璀璨的，越隔着夜色越光芒四射！

二〇一五年十月二十日

长在面包树上的幸福

王婧翾

程韵在多年后与林方文重逢时说，恨这个东西，是以爱的倍数存在的。虽然经典，却并非所有感情皆如此。前几天走在路上听几个人闲聊——科学的道路是漫长的，用时间推敲出来的研究很有价值，然而生命太短，一百年不够。大抵感情亦如是，在乎的人，一百年都爱不够，哪有时间用来恨。

头发稍微长长一些，就变得很直很顺，是小时候喜欢的那个样子。北大拍摄的那个关于星空和梦想的视频，居然让我每看一遍都能哭到不能自已，我知道，何晓东实现了自己的梦，而我，永远都只能在记忆中回放那个数星星的孩子，仰望星空。可我把星空印在了梦里，异彩纷呈，另一种形式的美，别样精彩，虽有遗憾，却无后悔。

带着极强的融入感看影视剧，每一个角色都变得更加鲜活。在亲情上，我在光惠身上看到了自己的影子，父母的倾其所有，即使抵上自己的幸福，也要成全他们的安稳。不同的是，光惠有一个势力虚荣的母亲，她的幸福，并不是光惠的幸福，即使那个什么都好的孙维栋连我都喜欢至极，始终打动不了光惠的心。感情如人饮水，冷暖自知。

那个把感情当作一切敢想敢做却屡爱屡败的宋迪之，怎么看都不是一个太讨喜的角色，却从她的疯狂中，看到了自己的不羁。每当受了伤便想要做一些疯狂的事情去忘掉痛苦，对于外表大大咧咧实则内心细腻的人，这或许是最好的解压方式。好在孔子的中庸思想，无过无不及，没有把我送上极端的轨道，在那个叫作适当的角色里，踩着边界平凡而新鲜地生活。

主角程韵，并非因为她是主角我才对她偏爱，只因在她和林方文的感情中，我看到了自己的相似情绪。正如程韵所说，也许爱情本身，就是贪婪与恐惧的平衡。渴望占有，便要入侵他的世界；害怕失去，便要练习适可而止。张小娴说，在爱情里，最多的成分，就叫等待。可是如果没有明天，你想怎样装扮你的脸，你的爱情，你"最后的灿烂"？

人对于死亡的恐惧多过一切，我也不例外。突如其来的小插曲令我胡想连篇，但其实生命之不息，过于山水，今日虽存而明日难知，我们有多少时间可以用来等待？想象着，如果这是生命的最后一天，其实我也心满意足，唯一的遗憾可能就是还没来得及好好爱我想爱的人罢。网上说，找到一个很适合的爱人需要满足两种心理需求，一种是安全感，一种是归属感，安全感就是你确定你的另一半不会走，归属感就是你确定你不会走。也有网友说，我做好了要与你过一辈子的打算，也做好了你随时要走的准备，这就是最好的爱情观，深情而不纠缠。

我想有个人，愿意和我看尽日出日落，花开花谢，小到窝在沙发上看电视，在超市里捣鼓柴米油盐，大到一同期待一场无与伦比的极光，或是更多，必有人笑我的天真，生活到最后是否欺骗了我们，并没有所谓的标准，努力的人最后是否能得到想要的面包，也无从得知，但这些都完全不能阻碍我把自己变成面包的一步一步。

假如没有明天，这个问题对于大多数人来说都太过悲伤，却让我像发现新大陆一样的欣喜。因为没有明天的人生，我不用再去等待，我可以用尽所有去见想见的人，去做想做的事，纵然短暂，却如流星划过，倾宇宙之力于美的瞬间，无怨无悔。但其实这个命题是矛盾的，就如同当年相信世界末日的人花光所有资产，幸运的他们在有生之年完成了所有他们想要实现的愿望，可他们该如何面对世界末日没有来临之后的人生？现在的我们也一样，我们无法任性的玩耍，肆无忌惮的挥霍，否则，我们拿什么来换接下来还有明天的人生呢？

人生观、世界观、价值观，这是衡量人与人之间相似程度的三观；亲情、爱情、友情，这是我们追寻一辈子的幸福。如果说，出生的时候就决定了你的家庭，你的成长环境，以及对你三观可能造成影响的启蒙教育，那么我无疑是幸运的。而在成长的过程中小心翼翼保护着赤子之心，在重重阻碍的激流中活出了个性的自己，交到了一生的挚友，此生都不换的情谊，那么我又是充满感激的。正是在经历这种种之后若还能找到一个与自己三观相似还投缘的人，无疑是在蜕变过程中，已然成为最幸福的那个面包了。

当人们在拼命追寻面包的过程中怨天尤人、自怨自艾，何不努力把自己变成那个心中的面包，长在面包树上将幸福的根狠狠扎深，扎牢？如果没有明天，今天的我会成为世界上最幸福的人，拥抱爱，成全所有愿望；而只要还有明天，为了守护父母而努力，为了闲暇时更好地同挚友举杯而奋斗，为了有朝一日爱情里把我当公主的人而不断丰富自己，活出精彩，面包树定会越来越枝繁叶茂，挂在上面的幸福定会越来越多，越来越美满。

　　而这，便是最大的幸福。

二〇一五年十二月十九日

情起香港，不悔梦归

王婧翱

　　向来缘浅，奈何情深。今天是2017年7月1日，二十年前的今天，一场酣畅淋漓的大雨，涤荡百年屈辱，香港回到祖国的怀抱，这是中国人心中永不褪色的光辉记忆，是彪炳中华民族史册的千秋功业，也是我情根深种的发端。

　　二十余年的梦醒时分，曾许下三个愿望：看璀璨星空、写绝美文字、做香港居民。一直以为，与香港的缘分是从2006年的《搜神传》开始，直至今日，香港回归整整20年，脑海中那首歌不断萦绕、回荡："老师在课堂上讲香港，香港是个美丽的地方……我把心愿折成纸船，请月亮送到你们身旁"。是的，这首《荷塘边的歌谣》是我学会的第一首手抄词歌曲，20世纪90年代那会儿，福建东南卫视有个节目叫作"蒂花之秀银河之星大擂台"，当时最红的双胞胎姐妹花安妮安娜闯通关，我是听着她们的CD长大，从不识字到读万卷书，再到洋洋洒洒写出浪漫的文字。还记得那天下午，刚开始认字的我在家中单曲循环这首歌，一笔一画地将歌词抄写在纸上，再用新买的《新华字典》一字一字地查发音，乐感很好的我在能通读歌词的同时，便学会了这首歌。听爸妈说，小时候的我很淘气，他们一度怀疑我有多动症，医生说，你们试着让她做自己喜欢的事，如果她能安静下来，便属正常。后来证明，我不仅没有多动症，反而对喜欢的事物有超乎寻常的执着，撞了南墙也要跨过去。记忆犹新的是，那天傍晚我挥动着那张珍贵的歌词，满心欢喜的将学会的第一首知道歌词的歌曲唱给爸妈听时心中的喜悦，但是当时真的不知道，这首歌唱的是香港——一个会让我毕生追求的地方。

　　有些缘分，早已注定。三年级的时候跟着杨老师学习声乐，第一次参加唱歌比赛，杨老师问我想选什么参赛曲目，那时的我歌曲量已经上百首，我却未作多想，答复老师说，那就唱《荷塘边的歌谣》吧。就是这首歌，让我赢得了歌唱比赛的第一个一等奖。之后岁月绵长，水过无痕，忙于学业的我，似乎忘却了最爱的声乐，也从未在意过一些似有似无的巧合。直至2006年那个夏天，一部《搜神传》将我带入了一个越陷越深的梦——粤语。因为全国对普通话的普及，红透半边天的港剧被翻译成普通话版播出，庆幸的是将主题曲保留了下来，当时只觉粤语歌唱得很有味道，是普通话歌曲表达不出的情感，融于剧情中，相得益彰，于是乎，我学会了第一首粤语歌——《发誓》。初识粤语，每一个字的发音都很难学，就像不会音标的孩子学英语那样，我将每个粤字发音的谐音标注在上面，因为对乐曲敏感，便也很快就唱得像模像样。后来的日子，互联网逐渐发展，我得以听到更多的粤语歌，不知是语感好还是喜欢到骨髓的深沉，我竟能够看歌词知发音了，大学以后学的粤语歌，不再注音。

大学或许是我到此时此刻最快乐的时光，从《护花危情》到《东西宫略》，从《师傅明白了》到《使徒行者》，从《叛逃》到《无双谱》……加入爱心艺术团唱歌义演，在粤语协会认识一大群广东的朋友，从未有过的放飞自我，唱K整晚都点粤语歌，在刚进粤语协会的时候就遇到了吧友兼知己的李副会长，交到了一个让我觉得柴米油盐都很美好的广东学弟，是他俩，让我把粤语协会当成家，我的粤字是广东学弟教我打的，粤语是他用微信说完后再翻译一遍教我说的，还有分管我们协会的萌萌哒小学妹，以及我最可爱的小干事，对了，怎么能忘了经常能尝到的粤式早茶，凡此种种，恍如昨日，我宁愿梦一场，醒来你们都在，我只是在粤语活动的教室里睡了很长一觉，如此而已。

毕业就要一年了，即使知道到了这个年纪，实话只能变成童话，梦想只能化作空想，那又如何呢？初中的时候喜欢看《环球时报》，很怀念那时候爸爸和我一起讨论一些哲理故事的心得，当时就已经明白，鲁思·弗里思，一个将梦想坚持了一百年的老人，困难或许可以阻挡她实现梦想的脚步，但无法阻挡她梦想成真。我也一样，当年的情起香港，让我日夜思念，夜不能寐，那个荷塘边折纸船许愿的小女孩儿，曾做着《快乐星球》中月亮船的梦，拱手摘星辰。如今不悔梦归，更不用太匆匆，胸怀宇宙者，回馈的必将是浩瀚星海。

二〇一七年七月一日